글나무 시선 12

걷고 있는 나무들

글나무 시선 12

걷고 있는 나무들

저 자 | 지창구
발행자 | 오혜정
펴낸곳 | 글나무
주 소 | 서울시 은평구 진관2로 12, 912호(메이플카운티2차)
전 화 | 02)2272-6006
등 록 | 1988년 9월 9일(제301-1988-095)

2023년 12월 15일 초판 인쇄 · 발행

ISBN 979-11-87716-97-6 03810

값 10,000원

걷고 있는 나무들

지창구 시집

이 시집은
사랑하는 독자님들과,
어떻게 하면 좀 더 원활하게 마음을 나눌 수 있을까,
고민하며 쓴 시편들입니다.

제1부 : 우리들의 삶의 모습
제2부 : 사물, 자연, 일에 대한 생각의 파편들
제3부 : 나라, 세계, 자유, 평화에 대한 생각들
제4부 : 종교와 관련된 생각들, 기타

시 창작 중, 하이퍼 시 쓰기는, 별도로 모으지 않고
시 창작 중에 필요에 따라 적용하였습니다.

차례

지창구 시집

걷고 있는 나무들

차
례

3부

지창구 시집 **걷고 있는 나무들**

차
례

1부

걷고 있는 나무들

삼월의 숲속
세상은 아직 까맣고 차가운데
적막을 밀치고 들리는 왁자함,
나무들의 발소리다
질기게 버티고 있는 어둠을 허물고
결기 있게 발소리 맞춰 걷고 있다
침묵으로 엎드려 있는 일은
죽음의 연습일 뿐,
걷고 있는 발소리는
생명 창조의 기호이다

서로 간격을 유지하지만
치밀하게 가누고 있는 저들 사이에서
너와 나, 또한
함께 걷고 있는 나무다
그림자만 사는 숲속에서
새싹 일렁이는 계절을 마중하기 위해
발걸음 맞추고 있다

동배추

2월,
된바람 날개 밑은 아직 한겨울인데
얼어 있는 햇발 속에서 푸른색만 골라
조곤조곤 씹어 삼켜 온
동배추,
배추 쌈밥 만들어 한입 씹을 때
오래된 퇴적층이
입속 가득 잡힌다

해마다 입춘 지나면
기억의 광 속에서 녹색만 일으켜 세워
장바구니를 채운 아내는
행여, 흐트러지지 않도록
바구니 깊이 모시고 데려온다

동배추의 의기가 살아 있는 이맘때쯤,
나는 검은 계절의 그림자를 털고,
저렇게
기운을 풋풋하게 바로 세운다

말들을 저울 위에 올리며

강연을 듣다가, 대화하다가
글을 읽다가, 시를 음미하다가
'하십시오 합시다 합니다'
각기 다른 무게의 책임 없는
귀둥대둥하는 말을 만난다
내용은 모두가 '하는 것'인데
무게는 각기 다르다
손을 잡기도 하고, 따라오기도 하고
눈금이 흐린 저울 위에서
춤추다가도 스스로 넘어지기도 한다

말이 나를 불러 세울 때
차렷 자세를 한다
그리고, 입속의 내 말을 꺼내
저울 위에 올린다
그리고
흐르는 여울물에 씻는다

그대 있음은

무심코 걷는 발길 앞에
도담하게 서 있는 이름 모를 들풀, 꽃들,
오래전부터 거기 있었건만
나에게는 없었네
오늘 새로 만난 모임에서
담소하고 정을 나눈 새 친구들,
이전에는
흐르는 강물이었네
땅 위에 무수한 이웃들,
그토록 숫지게 우거진 나무들이지만
내 마음속에 들어오기 전엔
바람결이었네

있음과 없음,
한 곳에서 나오는 것이지만*, 있음이란 실은
땀내 나는 내 마음의 손이
악수를 나누고 난 뒤에, 비로소
보이네

* 노자老子의 『도덕경道德經』 제1장에서 인용

내 마음의 캔버스

벽에 걸린 거울은
돌아서면 사람을 깔끔히 지우며
털끝 하나의 미소도 붙잡지 않는다
가슴 속에 걸린 거울은
받들어 비춰 보여 주고는
돌아서도 꽃을 보내지 않는다
비비추도 가시연꽃도 수선화도
그대로 붙잡고 있다

벽에 걸린 텔레비전 화면은
흐드러지게 들꽃들 데려오지만
돌아서선 까마득히
털끝 하나 붙잡아 두지 않는다*
하지만, 내 마음의 캔버스,
걸어 다니는 나무들을 아낌없이 불러 놓고는
가려 해도 붙잡으며, 차마 떠나보내지 못한다

덕지덕지 쌓여 있는 나이테를 비울 줄 몰라
버거워 어찌할 바 모르는 내 캔버스를

다만 안쓰러워, 두 팔로 끌어안는다

*『금강경』 제5장 인용

너도 나도 한 마리 소牛

영하 삼십 도, 히말라야 산허리

싹쓸바람 속 눈과 섞여

젖 털 연료, 아침내 몸뚱이까지 내놓는 난쟁이 소,

인도차이나 습지

일 년 내내 물속에서, 거죽이 짓무른 채

허기진 생명 밭, 벼 가꾸는 물소,

바람과 이슬만 사는 황량한 사바나

사람에게 바칠 젖단지를 하늘처럼 받쳐 들고

사막의 혼을 꿀꺽꿀꺽 마시며

노마드 발소리 지키는 사막소,

함께 살아가지만

따스한 체온 함께 나누지만

잊고 있는 생명,

늘 사람의 뜰에 꽃을 심다가,

마침내 온몸 다 내놓고

첨벙첨벙 스틱스강* 건너가는

소,

나는 너의 소

너는 나의 소

*스틱스강: 그리스 신화, 저승을 둘러싸고 흐르는 강

케익 한 조각

−당뇨입니다 고혈압입니다

케익 한 조각 탐하는 마음이
옆 사람 시선과 부딪힐 수 있다
불혹을 내다보는 젊은이가
고혈압으로 당뇨로 고생하기에
그토록 말리는 엄마의 시선과 마주친 것이다
옆방으로 피하는
그걸 바라보고 있는 어미의 눈이 시리다

규칙적 생활 건강 식단 알맞은 운동
권장하고 사정하고 위협하고
턱밑까지 가져다주었으나,
결기 보이지 않고, 스치는 바람소리뿐이다
온 산엔 불이 붙고 있다

눈만 뜨면 다가오는 향기로운 도시,
인형이 사는 곳
특급열차는 언제나 대기하고 있지만

그건 아니다
결심
실행이 문제다

나그네

하늘은 직선을 만들고
땅은 들어가 쉴 수 있도록 틈새를 만든다
그 틈새는 골짜기가 되어 신령하니
마르는 일 없다
씨앗에서 싹을 틔운다*

영원히 마르지 않는 저 틈과 골짜기,
한량없이 어질다

황막한 아라비아반도의 모래사막
돌 틈에 새어 나오는 샘물,
애리조나 붉은 바위산의 틈새에서 솟아
사막을 적시고 흐르는 콜로라도강,
사하라를 등에 업고 있는 아틀라스산맥의
그 뿌리에서 솟아 굽이굽이 흐르는 토트라 계곡,
거기 흐르는 물,
신령하다

누가 흐르는 저 물을 샘물이라 말하는가

그것은 땅의 틈새에 깃든 은하의 강물이다
실로 우리는, 저 듬쑥한 몸짓 속에 발을 담그고
하늘을 건너는 나그네다

* 『周易』「繫辭傳」과, 『道德經』 제6장에서 인용

심장에 새긴 시詩

참다가 거부하다가 저항하다가

시인이기에 할 수 있는 마지막 항거,
절규하는 시 한 편,
심장에 새긴다
'너희들은 머리를 겨냥하지만
혁명은 심장에 있다'*

　·

자유민주주의를 염원하고
마지막까지 심장에 희망을 걸며
울부짖으며 벋서는 저 시인이
마침내 체포되어
내장을 몽땅 **빼앗긴다**
그의 몸뚱이,
최루탄 가스에 절여진 채
저 차가운 얼음 상자가 집으로 배송한다

몸을 떠나 어디에선가
주인 부르고 있는 그의 심장 소리가

무력한 우리를 사정없이 두들긴다

* 미얀마 민주화 운동 시인, 켓띠 씨의 시

여름을 부수는 소리

먹구름 찢으며 뛰어내리는 뇌성,
갈맷빛 흩뿌리는 계수나무 숲을
싸리비로 내려치는 소나기 소리,
오수에 젖은 후박나무 둥치를
통째로 흔드는 말매미 노래,
대체로 여름을 횡단하는 울대가 굵은 소리는
귓바퀴를 헤집고 고막으로 안차게 돌진하는데

귓바퀴 주위, 돌담을 밀치며
얼음 구슬 가득 실은 트럭을 몰고
고막의 뿌리로 직진하여 부서지는
특별한 소리 있다

무더위가 두껍게 덮고 있는
삼복 중의 식탁 위에
아내가 잊지 않고 올려놓는 것은
노각김치,
나는 그 씹는 소리로
여름을 오달지게 부수는 것이다

피어나다가 멈춘 꽃들

작은 키인데도
장대들 숲속을 헤집고
보라는 듯 포물선 긋는 농구 선수,
신의 경지를 넘나들며 삼 점 슛을 꽂는다
잔잔한 연못 수면에
눈만 내놓고 목표를 겨냥하는 참개구리,
여섯 척 넘는 공중 풀잎에 앉아 있는
잠자리를
단 한 번의 비약으로 삼켜버린다
호수 위 그림자를 자취도 없이 지운다

저 선수의 기능은
가물막에서 일궈 낸
잘 익은 과일이다
우리들의 소망이다

하지만, 때 묻은 일기장 속 들춰 보면
피어나다가 멈춘 꽃들, 얼마인가
빛도 못 보고 서 있는 꽃들, 또 얼마인가
미소는 다만 눈만 껌벅인다

하얀 섬

부겐빌레아 만발한 하얀 발코니
하얀 골목 하얀 담벼락 하얀 지붕 하얀 계단
현실을 저만큼 밀쳐 놓은 마을,
화산섬 산토리니*,
테라스에 앉아
에게해 바다에 발 담그고 앉아 있는 사람들,
발끝에서 정수리까지
청록색으로 물들이고 있다

해거름 하늘에서 빨간 풍차가 내려오면
똬리를 튼 포도 넝쿨이 두 손 받쳐 내민
와인 잔을 앞에 놓고 담소하는
무지개 색깔의 연인들,
그리스인 조르바*를 만난다

저 섬이 저렇게
시리도록 하얗게 소복한 뜻은
전생 참화 굴곡 역사를
하얗게 지우고 싶은 소망 때문이다

* 산토리니: 지중해 그리스의 섬
* 그리스인 조르바: 카잔차스키 소설 『그리스인 조르바』

고등어

앞뒤 문을 활짝 열고
환풍기를 성능껏 작동시켜
별난 냄새를 대비하는 준비를 마치고 나서
아내는 요리를 시작한다
고등어찌개,
고등어는 은빛 지느러미를 흩날리며
암팡지게 구석구석을 휘저은 뒤 자유를 선언한다
아니다, 저 생명은
동해의 푸른 바다를 몰고 와
집안을 점령한다
굵고 푸른 줄무늬의 서양화 한 폭을
벽에 가득 채운 뒤, 납작 바닥에 엎드린다
나는 조심스럽게
저 줄무늬 사이를 걸으며
푸른색의 내력을 받아 적는다

벽문어碧紋魚*,
저 푸른 줄무늬에 함몰되어 얼굴만 내민 채
설움을 꿀꺽꿀꺽 삼키고 있는 정약전을 만난다

아내는 언제부터인지

내가 고등어를 좋아한다는 걸 꿰뚫어 알고 있다

* 벽문어: 정약전의 『자산어보』에 나오는 고등어

날개와 몸 사이

연습 때는 매번 일등 하던 달리기 경주인데
막상, 본 경기에 나서면
믿었던 대퇴근이 출발신호의 발길질에 놀라
날개 접는다
갈증으로 목 타는 국가고시, 벌써 몇 번째인데
시험지 앞에 앉으면, 쿵당쿵당
기억을 태우고 날으는 파랑새가,
또다시 날개를 접는다
면허 시험장 가풀막에서
날개 달린 너구리 한 마리 뛰어나가면
시험장 판정 신호는,
또 한 번 한숨 쉰다

날개와 몸이, 하나가 되지 못할 때
날개의 힘살에서는 바람 새는 소리 허수하다
그럼에도 불구하고,
우리는 아직 사랑스러운 날개 쓰다듬으며
기름을 바른다

이쁜이

눈 속에 별이 살았던
하얀 푸들 강아지

그날도 품에 안고
눈 맞추며 바다를 건너고 있을 때
갑자기 뛰어오른 숭어 꼬리에 놀라
함께 공중으로 솟아올랐다가
착각에 부딪혀 곤두박질
파도 위에 부서졌던
'이쁜이'

동물 이야기 TV 화면 볼 때면
고개 갸우뚱 뛰어나와 재롱부리다가
꼬리 흔들며 돌아가는 털복숭이들,
모두가 이쁜이인데

시간이 갈수록 기억은 울창하게 우거지고
이쁜이가 살고 있는 우리 가족의 일기장엔
자주자주 이슬이 내린다

당신의 손

부지런한 햇발이
거친 이랑을 쓰다듬고 있는
당신의 손,
높이를 경쟁하는 둔덕들이
울창하게 우거진
당신의 대지입니다
파헤쳐지고 갈라진 흔적들이
가로세로 교직으로 자리 잡고 있습니다
그렇지만 지금도, 잉걸불 타고 있어
붙잡는 내 시선이 뜨겁습니다
그것은
당신의 목소리입니다

띠앗 좋은 물결들이 살고 있는 당신의 손은
부서졌다가 다시 살아난 따스한 여울,
반짝이는 훈장을 가슴에 안고 있는
당신의 숨결입니다
당신의 혼으로 꾹꾹 눌러쓴
당신 생의 기록입니다

수염을 깎으며

매일 아침 나는
나의 삶의 삼림 속으로 들어가
갓 자란 나무의 그루터기를 쓰다듬는다
대지를 견고히 붙잡고
단단한 신앙으로 옷을 입은 그것들을, 나는
무람하지만 살강살강 잘라내야 한다
기운을 땅속 깊게 내리고 있어서
그 호흡은 아주 질기다

그럼에도 불구하고
세상과의 조화를 위해 내 과업을 완료하면
잘린 자리에 치밀하게
삶의 기록들이 반짝인다
그 한가운데에
모자이크처럼 박혀 있는
일상의 그림자가
세상의 아침을 펼쳐 보이며
더 슬기로워지라고 주문한다

너 해봤어?

한 시대를 이끌던 굵은 팔뚝이 던진 말,
너 해 봤어?*
깊은 곳에 가라앉아 있던 이것이
왜 갑자기 머리를 들어 올릴까
어깨를 들썩이며
엄하게 주먹을 치켜들던 말들,
세계는 넓은데 너 뭘 하고 있어?
목표를 못 하면 동해바다에 빠져야 돼!
솜털 솟게 했던 부릅뜬 눈들도
함께 일어선다

살아가는 날들이, 어쩌면
걸어가며 발자국 새기는 일인데
끝이 보이지 않은 평원에서
풀들은, 수런거리는 소리 물결로,
발자국을 새기고 있다
메워지지 않은 발자국 위로
바람은, 빗자루 끌며 지나간다

머릿속 손바닥들이, 입을 모아
너 해 봤느냐고 묻는다

* 산업화 시대 초창기, 기업가들 어록에서 인용

수레를 끄는 깃발

도서관 끼고 도는 마을 골목길에
폐지 수거하는 손수레,
온몸 빙 둘러 태극기 두르고 있다
종요롭고 결 바르다
—어르신, 왜 저것을 저기에?
—왜 묻소?
    그것이 내 수레를 춤추게 하고 있소!

저 수레를 끄는 것은 노인이 아니다
저 깃발이다
짐이 수레에 차곡차곡 오를수록
깃발의 근육도 아귀차게 팽팽해진다
굴곡진 세월의 바다 건너오며
괴로운 일, 좋은 일 함께하며
아파하고 기뻐한 저 깃발은,
어르신 속에서
이미, 깊숙이,
이 세상 무엇보다 미더운 동반자다

알고 믿고 사랑하고

강원도 깊은 산 속
암자와 동반하는 스님,
눈이 천지를 삼켜버린 어느 날
배고픈 새들에게 먹이를 내놓으며
만들어진 인연,

손뼉 치면, 순식간에
저어함 간데없는 새들,
딱새 곤줄박이 뱁새 모여들고
구순하게 손뼉 소리를 쪼아먹는다
스님의 독경도 받아 마신다
손 팔 어깨, 다시 머리 위로 옮겨 가며
노래를 보시하는 새들,

서로 믿는다는 것,
서로 사랑한다는 것,
생명이 만든 한 선 위에서
모두가 수평이다

찻잔과 사람 사이

뜨거운 차와 사람 사이에서
살갑게 부니는 찻잔 손잡이,
그것, 깊은 데에는
어느 인문학자가 말했듯이
사람 마음 헤아리는
그 무엇 살고 있다

효와 예절을 오롯하게 실천하고
나라를 충정으로 사랑하고
사람 사이에서 믿음을 간직하고
생명 사랑을 궁행하는 마음을 들어
이것이 '인仁이다'고 선언할 것 같았지만
마지막까지 말씀을 아낀 공자,

그의 시선이 마지막까지 붙잡고 관찰했던 것은
저 손잡이,
바로 그것이
인仁을 실행하는 속마음이라고
판단하고 있었음에 틀림없다

청사과

해마다 입추 즈음
내 가슴 뭉게구름 일고
찾아오는 이
내 연인,
지난 계절 청산은
너무 익어 검붉게 변해 갔는데
청초한 네 모습
여전하구나

사상이 푸른 너를 한 번 깨물면
내 속에 살고 있는 아득한 네 호수,
향기로 일렁이구나
흔연히 거기
내 영혼, 풍덩 담그면
또한, 푸르게 이르는데

2부

당나귀의 귀

돌계단 올라 골목 작은 공터에
매여 있는 당나귀 한 마리,
뭔가를 열심히 뜯어 먹고 있다
종이상자다
저 상자 속에 흐르는 강물 소리를 알아낸
저 동물의 커다란 귀,

등에 곡식 가득 싣고서 이집트를 떠나
허기진 고향 땅 가는 요셉 형제들의 나귀가
귀를 쫑긋 열고 고향의 물소리에 귀 기울이는 모습 보인다

세상의 귀들이 자유를 누리고 있을 때
저 작은 체구의 동물은
귓불 크게 열고
끝에서 끝으로
두수없는 세상 험한 일 찾아 걸으며
물 흐르는 소리를 당기고 있다

바람의 양심

바람은 듣기만 하고 말을 하지 않는다
멀리 하늘을 항상 데리고 다니며
산맥을 만나서는 뼈를 씻고
강을 만나서는 신경을 씻는다
어느 대륙에 앉아서는
귀와 입을 헹군다

한 의사가 현미경 렌즈를 통하여
한 번도 본 일 없는 소름 돋는 바이러스를 발견하고
너무 무서워 아무에게도 말 못 하지만
도시의 굴뚝을 쓸고 오는 바람의 귀에 대고
토로한다 두려움을 고백한다
참을 수 없는 그의 양심은
코로나 균 출현을 바람에게 말한 죄로
죽임을 당한다

바람이 쉬지 않고
가장 높은 하늘을 끌고 온 뜻은
정결한 귀를 간직하기 위함이다

산맥을 만나면,
마모되는 뼈의 신음을 아파하고
강을 만나면, 부서지는 신경의 소리를 앓는다
어느 대륙의 이마에 앉아서는
쌓인 소리를 조곤조곤 되새김한다

진실을 기일 수 없는 그의 양심의 자유는,
그 일로 인해, 죽임을 당한다
짓이기고 지나가는 들짐승 발소리를
바람의 귀는 알고 있다

'다워야'에 눌려

하늘은 하늘다워야, 땅은 땅다워야
사람은 사람다워야*,
그러니까 시는 시다워야,
'다워야'라는 말이 어깨를 눌러
무너질 것 같다

살 오른 오월
햇발이 회색빛 도시 그림자를 걷어내니
찬란하다
하지만, 중앙로 121길 주위에 사는 도시 새들,
질주하는 소음의 발길질에 자주자주 채인다
큰길가 느티나무가 그들을 불러 모아 품고
상처에 약을 바른다
나는 이 나무의 사상에 이끌려 다가가서
내 초라한 시로
상처를 동여맨다

* 『論語』 「先進」 제21장에서 인용

먼 것과 가까운 것

하늘을 가까이 끌어안은 남해 노화도,
이마가 파랗다

옥빛 물결을 뭍으로 불러
꽃밭을 만들더니 수국의 나라다
구릉이 저렇게 꽃밭을 만든 것은
하늘 바다 섬이 서로 소통하기를 소망하기 때문이다
터질 듯 펼친 꽃송아리가
파도 소리를 조곤조곤 씹더니
느낌표를 생산하고 있다
선사시대의 숨결이다

꽃밭 속에 묻힌 나는
아득한 수평선에 시선을 맞춘다
서로 볼을 비비고 있는 하늘과 바다,
먼 듯하지만,
아주 가깝다
마음속, 멀리 있던 일들이 총총 다가선다

불도그의 경우

103동 코너를 걷고 있는데
불도그 한 마리가 번개 되어 달려든다
얼떨결에, 나도
자세를 낮추고 방어 자세를 취한다
반사적으로 벌떡 땅에 누워, 두 발로
불도그의 바람결을 걷어찬다
주뎅이가 부서지자, 바람이 비명을 지른다

그것은, 우리집 고양이가
셀 수도 없이 반복적으로 보여 준
일기 속의 훈련이다

등을 땅에 붙이고 시선을 목표물에 두면
땅과 시선 사이에 구축되는
덩두렷한 나라,
바람 구름 번개가
비켜 가는 모습 볼 수 있다

알바니아에서 생긴 일

알바니아 성벽 고개티에 추적추적 비는 내리고
우리 버스는 젖은 채 달리는데
어느 순간, '쿵' 소리와 함께
'아이쿠' 하며 기사가 두 손으로 머리 감싼다

중앙선 잔디 위에
꽃보라 선물용품 흩어져 있고
어린 꽃은 꿈쩍 않고 쓰러져 있다
도로를 바삐 가로지르며 생을 파는 소년이다
피어나는 꽃이다

몇 시간 뒤, 목마른 우리에게
'생명은 다행',
꽃이 우리 가슴을 쓸어 준다
저 꽃뿐이랴
한 송이 마음 놓을 땅 가맣고
꿈 하나 시원스레 날개 펼칠 하늘이 막막하다
묻는 질문에
문명은 눈만 깜박거릴 뿐

중심을 꼭 붙잡는 일

이천오백 년 전 한 어르신이
왜 '중中'이란 뜻을, 그토록 무겁게 여겼을까
중은 허리, 한가운데다
허리가 삐끗할 때
세상은 기우뚱 허물어진다
중심을 꼭 붙잡고 날아가는 화살이
폭풍 속에서도 과녁의 중심을 놓지 않는다

무심코 주고받는 너와 나의 대화 사이,
중심 꼭 붙잡고 있는 동안
대화 밭에는 꽃이 무성하다
우리들 집은 꽃밭이다
우리를 키워 주는 것은 중심이다

꽃밭에서 키우는 우리들의 흰 비둘기가
뜻을 헤아려
꽃나무 둥치를 꺽지게 움켜잡고 있다

하얀 손

하조대 바다는 자주자주 외롭다
사람을 그리워하며 몸속에 파란 꽃밭 가꾼다
그리울 땐 젖어 울다가, 꽃잎 뚝뚝 떨어뜨리다가
문득 뭍으로 올라
한 소녀를 데리고 바다 깊숙이 들어간다
바다는 압도적으로 소녀를 끌어안고
소녀는 숨이 차올라 버르적댄다
순간, 반사적으로
백사장의 이웃들이
바다와 소녀를 향해 비명이다
서로 길게 손을 붙잡아 인간 밧줄 만들어,
바닷속에 들어가 소녀의 손을 붙잡아 당긴다

살면서 밀려드는 파도 위에서
버거워 무너질 때면
사무치게 따스한 손이 있다
하얀 손이다

날개를 꿈꾸는 젊은 나무들

중력을 이용하기 위해
돌을 내리쳐 야자를 깨뜨리는 갈색고리원숭이,
아르키메데스의 원리를 응용해
병 속의 먹이를 꺼내 먹는 까마귀,
집단의 힘을 응용해
바닷속 인명을 구해내는 돌고래 떼,

저들이, 밀림 속 길 찾아내어
쏠쏠하게 바퀴 돌리는 모습을
목격한 젊은 청년들이,
어느 틈에
뇌 속에 인공지능을 장착한다
세상이 가리키는 방향을 거부하고
손가락 끝에 붙인 나침반으로
제 삼의 세계를 지향하고 있다
하늘 향해 수직 행진하기 위해
알고리즘을 달고 있다

마음의 감기

주상복합 빌딩 앞을 지나는데
하늘 조각이 갑자기 쏟아진다
얽혀 있는 여인의 실꾸리가 떨어진다
붙잡고 있던 손가락들도 우수수 떨어진다
마침내는 여인이 놓아버린 한 아이가
꽃송이 되어 수직선을 긋는다
저 꽃송이를 마지막까지 안고 있던 꽃바구니가
창문 밖으로 뛰어내린다

쑥부쟁이 초롱꽃 만삼꽃 잔대
꽃바구니들,
덩달아, 자유를 선언한다
떨어져 내린다

오늘도 꽃 키우는 도시의 빌딩들
그 안에 살고 있는 우울증 걸린 사람들,
마음의 감기 앓고 있는 저들,
떨어지는 것은 모두가
꽃이라고 믿고 있다

바람에 젖어, 노래에 젖어

제주도는 다른 지역보다 유난히
해마다 잊지 않고 찾아오는 특별한 손님이 많다
살냄새 가득한 온 고을을 분탕질한다
태풍은
저 순박한 이웃들에게
세상 걸어가는 에움길을 만들어 주었다

메밀가루 강냉이가루 보릿가루는
노래의 산실이다
맷돌 돌리며 토하듯 쏟아 냈던
한에 저민 천 수 넘는 노래들이
서로 손잡고 구순하게 살고 있다
사랫길 발소리 들리는 곳마다
고개 내미는 뿌리, 뿌리, 뿌리들
수눌음*이다

감재범벅 쟁이범벅 돌레떡, 수눌음 자식들이
장구 북 징 꽹과리 메고 나와
우리 손목 끌며

굿판 한번 열어보자고 왁자하다

* 수눌음: 서귀포 지역에 전승되는, 근검절약 상부상조 정신 대명사

가여운 저 문자들

세상의 문자들은
작가의 집에 들어가 꽃이 되어
그 집의 향기를 뿌린다

한데,
특별히 권세의 꽃 위에 앉아 있던 한 인사가
갑자기 자서전을 손에 들고 흔들더니
그 속 문자들이 넌더리들을 걸치고
겸연쩍게 웃고 있다
하는 수 없이 끌려 나온 문자들이
냄새를 줄줄 흘린다

거울에 갇힌 저 문자들,
묻은 냄새는
아무리 호호 불며 닦고 또 문질러도
돌아서 보면 아직 버티고 앉아 있다
냄새를 털며, 자유를 갈망하는 저 문자들이
가여워 쓰다듬는다

참 이상한 동네

한 예술인 학력 때문에 사회가 부글부글 끓고 있다
한 누리꾼이 확인도 없이, 사회관계망에
귀둥대둥 '가짜'라고 올리자,
다른 누리꾼들이 '사실이다' '아니다'
삿대질한다
당사자가 재학시절 성적표를 공개해도
'조작이다' '진짜다'
졸업증명서를 공개했지만
'위조다' '진본이다'
학교생활 사진, 관련 증명, 올려도
돌이 된 누리꾼 눈과 생각은 암벽이다
참다못해 카페운영자를 법망에 고소한다

사실이 없는데도, 황당무계한데도,
끼리끼리 믿는 저 믿음, 저 결집력,
언제 터질지 모르는 이 시대의
용암이다
활화산이다

파란 손수건

책 맨 가죽끈 세 번 끊어질 때까지
읽고 곰파며 길을 찾던 한 현인이
가장 귀하다고 여긴 글자,
태泰,
가슴에 품는다
그것은 만남을 제안하는 파란 손수건이다
주역 64괘 중에서, 숙고하고 또 숙고하여
꼭, 이것을 집어 든 뜻은
거기, 세상을 따뜻하게 하는 힘, 만남을 제안하는 말
살고 있음을 보았기 때문이다

산과 들에 흩어져 있는 생명들
황야에 발붙이고 사는 다옥한 존재들
어느 것 하나라도
흔들면 안 되는 귀한 이웃들이다
관계와 관계 사이
지금 있는 그 좌표 위에서
침묵이지만 서로 손짓하는 뜻은
만남을 갈망하는 파란 손수건이다

처서

그 무더운 날들,
정수리를 콕콕 찌르는 햇발을 가지런히 정리하며
울울창창 숲을 일구는
산새들과 그 이웃들
팽팽하게 밀고 당기는 그들의 노래,
구월 어느 날, 예고도 없이
득달같게 자취를 감춘다

영겁을 향해 달려가는 시간의 이정표에서
한 길목에 자리 잡고
사정없이 시간을 밀고 가는 그 누구,
나볏한 깃발을 흔들고 있다
무더위도
노래도 쓸어 가고 있다

처서는,
저렇게 그 어느 날
숲에서도
내 가슴 속에서도
노래의 발자국까지도 쓸고 간다

섞인다는 것

시월,
통통하게 살 올랐던 햇발이 여위어질 무렵
바람은 숲으로 모여든다
하늘이 가까이 내려온 어느 날
화살나무가 분주히 우듬지 끝에 바람을 초청하고서
진홍빛 폭죽을 쏘아 올린다
숲속의 이웃들이 일제히 손뼉 치며
몸속에 가꿔 온 속살을
바람의 날개 위에 올려놓는다
땀 흘리며 단장해 온 내면의 무늬가
만자천홍이다

바람이 훨훨 날개 치며
숲을 데리고 하늘로 오를 때
숲과 바람은 이미 한 몸이다
애면글면 세상 살면서
모두가 하나같이 섞인다는 것,
명징함이다
충만함이다

만두를 찔 때

만두 찜통 뚜껑 열 때 피어오르는 구름 속
다옥한 하늘의 뿌리를 손에 들고
얼굴 내미는 사람 하나 있다
대륙 삼국시대 촉한
삼고초려 유비의 시선에 붙잡혀
백성 받드는데 신명 다한 제갈공명*이다
남방정벌 마치고 귀환하며 노수瀘水 강 건널 때
사람 머리 49개와 염소 암소 바치라는
거친 물결의 요구를 단결에 거절한다
생명 대신,
머리 모양 만두 빚어 두 손으로 받쳐 든다

만두 찔 때마다
산하를 휩쓸고 굼니는 강물 속에서
걸어 나오는 공명,
하얗게 씻은 그의 가슴에
투명한 얼굴 하나 품고 있는 모습 보인다

* 제갈공명: 중국 삼국시대, 蜀漢의 뛰어난 전략가, 재상

노자의 골짜기

골짜기의 신묘함이 사라지지 않는 것은
아득한 암컷이 살고 있기 때문이며
암컷의 문은 바로 천지의 근원이다*

천지가 만들어진
골짜기의 휘휘한 빈 곳은
노자가 힘주어 말한 물의 덕,
그것이 솟는 곳이다
샘이 살며 영원히 가물지 않는다

척박한 돌담벽 흔들리며 기어오르는 줄기에
달덩이 열리게 하는 호박꽃
그것의 순결한 골짜기,
삭막한 사막 한가운데에서
밤을 패며 강인한 생명 분만하는 낙타의 몸
그 속 깊은 골짜기,
그것들은 각기 천지를 만드는
신묘한 샘이다

* 노자의 『도덕경』 제6장에서 인용

시각을 놓쳤지만

시월 어느 날
소슬바람 날갯소리에 모두가 옷깃 여미는데
골목 양지 녘 돌 틈새에
민들레 한 송이,
삼월에 시작한 긴 여정인데
지금도 걷고 있는 저 꽃
단단한 소망 지니고 있다
어둑발 깔리는 양양 포매리 습지
모두가 깃 찾아 떠난 빈 땅에 왜가리 한 마리,
아직 색 바랜 머리를 풀숲에 묻고
기도하고 있다
그 무엇인가 기다리고 있다

시각을 놓쳤지만
마음을 놓지 못하고 있는 생명들,
붙잡으려는, 놓지 않으려는,
집념만은 대낮이다

너울

오토바이에 반려견을 매달고 달리고
철근 빼먹어 아파트 무너지게 하고
정년까지 몸담았던 모회사 영업비밀을 훔쳐 팔고
타이르는 어버이를 발길질하고
금전 때문에 죽마지우 등에 화살을 겨누고
정치 싸움 승리를 위해 사람 눈에 못칼질하고

동이나 서나, 예나 지금이나
반복되는 어처구니없는 시간의 너울들,
가슴 속 격랑 되어 우릴 부순다
누르고 또 눌러
바닷속 깊은 곳에 가라앉히지만
기회만 되면, 다시 떠올라
산천을 허문다
그런데도 우리가 굳게 맞서 싸워야 하는 뜻은
너울 밖 저 멀리에
윤슬의 바다,
우릴 기다리고 있기 때문이다

저 산성山城의 목소리

남한산성 굴곡진 몸체 만져 보려 산 오르는데
갑자기 성이 내 앞을 가로막으며
'죄가 없다'고 탄원한다
병자호란,
군병 오백 명 데리고 성안에 피신하던 임금이
결국, 항복한 채, 삼배구고두* 했던 치욕,
그것이
성의 죄냐고 반문한다
얼핏, 두드러지게 피맺힌 남의 역사 하나,
마사다* 항전 끌어와 펼치며
만져 보라 한다

침입자 로마군에 맞서 칠 년 동안 항전하던
유대 저항 집단 960명이
항복 않고 전원 자결한 전투,
죽어서 핏빛 깃발 하늘 높이 들었던
저 넋을 바라보라고 외친다

성은 죽을 수는 있어도

항복하지 않는다고 목소리 탕탕하다

* 삼배구고두: 세 번 절하고 아홉 번 머리 조아리는 절의 방식
* 마사다: 이스라엘의 성벽

치아에 대한 회포

하늘에서 쏟아지는 수많은 별들을
고이 받아 간직하는 내 몸속 한옥 한 채,
이제껏 그것을 단단하게 서 있게 한 것은
이마가 단아한 기둥들이다
풋풋한 용기로 무장하고
지조 있게 지붕을 받쳐 온
저 서른두 개 기둥의 품성을
나는 절대적으로 신뢰해 온 터다
한데 어느 날부터인가
사각사각 나이테에서 낯선 소리 들리더니
그중 하나가 통증 호소하며 주저앉는다
기와집 한 언저리가 기우뚱한다
자유분방하게 걷고 있던 나그네들이
일제히 놀라 들메를 다시 묶는다

기둥이 나간 허허한 자리,
거기 서 있는 그림자를 위해, 이제야
내가 소중하게 아껴 둔 갑옷을 꺼낸다

그 가족의 그 여름 여행*

'여보, 아이 데리고 이 혹서 피해 여행 갑시다' '그래요, 이 여름은 특별히 무더워요'

도시의 굴뚝에 붙은 불은 빌딩에 옮겨붙어 날개 달았다. 가장은 가족 데리고 불타는 도시를 잠시 탈출하고 싶다. 더군다나, 요즘 하루걸러 배달되는 빨간 편지 봉투에 붙어 있는 불은 수시로 거실에 옮겨붙더니, 마침내 벽장에도 장롱에도 붙는다. 찬 바람 빵빵하게 실은, 흰 구름을 힘껏 끌어당겨 승용차에 채운다. 도로 위의 군데군데 흩어져 있는 불덩이 헤집고 달려간 해변, 청해 바다, 땡볕 속에 세상은 다 타버리고, 반겨 줄 이, 하나 없는 이 세상에, 청해의 푸른 물결은 아낌없이 가슴을 내준다. 누가, 바다를 푸른 숲이라 했는가. '사랑하는 우리 가족아, 도시에서 마셔 보지 못한 사이다, 이 세상에서 가장 시원한 사이다, 맘껏 마시고, 숲으로 들어가자, 숲이 잠을 깰 때까지 힘차게 달려 보자'

*어느 여름날, 자동차로 함께 바다에 뛰어든 어느 가족을 추모함

73

장수풍뎅이

까마득하게 높은 갈참나무 둥치에
아래쪽을 경계하고 있는
검은 제복의 장수 하나,
번쩍이는 지렛대로 무장하고 있다
도전자 하나가
성큼성큼 올차게 기어오르고 있다
둘은 이미
어느 별나라에서 가루었던 기억 생생하다
조용히 쉬고 있던 심장이
쿵덕쿵덕 숲을 흔든다
어느 순간, '쩡' 무기 부딪치는 소리 들리더니
수십 미터 아래로 떨어지는 도전자,
죽은 듯하다
하지만 싸움은 이제부터다
다시, 또다시, 세 번째 마침내
왕좌는 도전자를 영접한다

죽음의 문 바로 앞에서도 그를 일으켜 세운 것은
굽힐 줄 모르는 마음의 근육이다

보물 창고

유모차 길섶에 세워 두고
아기와 아빠가 땅파기 놀이하고 있다
 ―아빠, 여기 사슴벌레 있어요
땅속에는 꿈이 사는 창고가 있다
 ―그래, 여기 매미도 있구나
아빠가 창고의 문을 활짝 열어젖힌다
과연
뿔을 세운 사슴벌레가
아기 손가락 끝까지 슬슬 기어 나오더니
뿔을 세우고 아기를 호기롭게 들어 올린다
날개를 펼친 매미가
아기를 등에 태우고
푸드덕 하늘로 능준하게 날아오른다
다옥한 숲의 나무들이 허둥지둥
아기를 따라 아기의 나라로 들어간다
딸기알 포도알이 잔뜩 열려 있다
꿈은 보물 창고다

단단한 집념

끝없는 몽골 초원 한복판
안장도 없는 조랑말 위의 칭기즈칸,
구레나룻 휘날리는 모습, 바람이다
저 사나이가 내달리는 뜻은
저 말에게
흑토의 샘물 한 사발 먹이고 싶기 때문이다
저 조랑말에 시선을 꽂고 바라보며
저 푸른 대양을 꿈꾸는 청년 마젤란,
지구는 둥글다는 소신 굽힐 수 없다
돛배를 이끌고 대양으로 뛰어든다
헬 수 없는 밤이 그를 삼킨다
저 배를 뚫어지게 바라보고 있는
각시거미 한 마리,
십 미터도 넘는 소나무 둥치 사이 허공에
단아한 한옥 한 채 짓고 있다

야망에 젖어 불빛 하나 믿고
앞만 보고 걷고 있는 저 과객들에게 다가가
손 한번 잡아보고 싶다

불씨

엄마, 아빠, 이젠 싸우지 않을 거지?
우리, 함께 밥 먹고 싸우지 말자, 응!
가족이 외출 나서는 휴일 골목길
부니는 아기 목소리가 관심을 불러 세운다
한 손엔 엄마, 다른 손엔 아빠,
절대로 놓지 않겠다는 듯 꼭 붙잡고
시선은 양쪽 깊은 바다를
번갈아 갈마들고 있다
언뜻, 아기가 그린 그림 한 폭이
내 중심 깊은 곳에
쫙, 펼쳐진다

그렇다
아기는 오늘
꺼져 있던 가족의 모닥불에
다시 불씨를 붙이고 있다

소설小雪 무렵

소설 무렵이면
등이 구부정한 햇살과 구름이
여기저기서 곰비임비 모여들어
양지편 벤치가 두둑하다
벙거지를 눌러쓴 마을 노인들도
기웃기웃 모여든다
그때쯤
벤치는 만원이다

- 오살날 전쟁은 왜 이리 몸통이 길담
  그러니까 올해 김장 농사는 포기했어
  올겨울에는 쌩이꾼들은 없을 것 같은지라
담소가 수북하다
긴 나무 벤치가 휘청한다

하늘이 시나브로 흩어져 갈 무렵
소머리국밥이 노인들을 안내하면
벤치는 고개를 길게 치들어
먼 산 때 이른 눈꽃을 새겨본다

3부

살려는 자유, 죽으려는 자유

대평원을 버리고 하늘 날아오르려
중력을 털어 버리는 에뮤,
사람이 그리워 향기를 선물하고 싶어
울타리를 밀어 버리는 해당화,
여명을 데려오려 목청껏 노래하며
닭장을 부수는 수탉,
살려고 자유를 갈망한다

하지만,
감옥 속의 소크라테스,
제자가 문 열며
탈출을 권하지만,
붙잡는 진리의 손을 놓지 않고
죽기 위해 자유를 갈망한다

우체부에게
—「우체부」*를 쓴 시인을 추모하며

어깨에 둥근 우체부 가방 멘 우체부,
그 속에
지구보다 무거운 공球,
아니, 풍선보다 가벼운 공空 짊어지고 있다
'공'은,
우주와 가장 가깝다

그는
예수 석가 공자를 만나
넘겨받은, 그 깊은 바다를
가방 속에 넣고

포탄 쏟아지는 전쟁터에서
불의 칼, 포탄의 불핵을 만나고
9·11 테러에서 죽은 뼈들,
킬링필드의 해골들,
파르테논 신전 주춧돌에 눌린 혼령들을
어루만져 준다
총알이 비처럼 쏟아지는 한국전쟁에 나가서는

924, 680, 673, 749고지에서
죽은 자들과 함께 싸우고
펀치볼 칼날능선에서 폭우 내리는 밤,
얼굴과 다리에 심한 총상을 입고서도
절대, 절대로 놓을 수 없는 가방 움켜쥔다

그는 이제 쉬기 위해
사다리 타고 하늘 오르고 있다

* 고 문덕수 시인의 장편 시

먼 나라에 있는 거울

튀르키예를 탐방하다 보면
귀가 먹먹하도록 듣는 이름, '케말 아타튀르크'*
그 뜻이 '완벽한 국가'다
감사와 존경으로 백성들 혀가 하얗게 물들었다
전쟁에서 나라 살리고
남녀평등 실시, 아랍 문자 폐기하고 튀르키예어 새로
만들고
일부다처제 폐기, 여성에게 선거권 부여
종교적 복장 폐지하고 자율화, 남녀 통합교육 시행했다

듣다 보면 가슴이 뛰고
우리 반도에 빛을 뿌렸던 무수한 별들이 얼비친다
피와 땀 젖은 적삼 휘날리던 선배들도 보인다

이우는 나라를 바로 서게 하고
피폐한 대지에 푸른 숲 자라게 한 얼굴들을
저 이름이 거울에 비춰 준다

* 케말 아타튀르크: 튀르키예의 국부, 초대 대통령

종소리

사람이 초연히 먼 길 떠나는 것은
써 가던 일기장 급히 접고
길 떠나는 일인데
오늘은, 만인의 심상을 들었던 놓았다 하던 한 인사가,
발우를 내려놓고 황망히 사라진다

길 떠나는 일이 누구나의 일일진대
업으로 쌓은 짐 때문에
버틸 수 없어 길 떠나는 모습이
우리를 먹먹하게 한다
바랑 내려놓고 사라지는 모습이
하늘 한쪽 베어버린다
멀리, 종각의 종소리가
아주 가까이 다가와 크게 울린다

깨어 있으라고, 쉬지 말고 깨어 있으라고
울리는 저 종소리가
흠절 많은 우리를 흔들고 있다

팔십 년 만에 나는 날개

여든 살에 첫사랑 연인과 결혼한 사람 있다

암나비 수나비 이마를 맞대더니
세상에는 꽃이 피어난다
거리에도 지붕에도
산에도 들에도 꽃이 핀다
흔들리는 더듬이로 타울거리며 키워 온
꽃 주머니

80년간 키워 온 꽃 주머니에
입맞춤하자, 그 속에서
날아오르는 한 쌍 파랑새,
하늘 향해 날아오른다

아득한 거리로 멀어지는
집 마을 들 산 호수 바다
사람들 이웃들 얼굴들,
세상 모든 것들이
날개를 달고 있는 모습 보인다

아픔도 씹으면 자양분이 되고

한때 침략당하거나 지배 받아
정신이 갈래던 기억에서 벗어나는 일은
젖은 옷을 벗고 새 옷으로 갈아입는 일이다
날개가 찢긴 비둘기가 새 날개를 얻는 일이다
자유를 입는 일이다

땅 위에 흩어져 있는 수많은 나라들, 사람들,
가슴 헤치고 보면 모두가 상흔 안고 있다
그것은 큰 바다 되어,
언제나 출렁이고
우리는 갈라진 손바닥으로 그 너울을 재운다

우린, 갈망한다
지나간 아픔에 속박되지 않고, 도리어
자근자근 씹어
뒷뉘의 자양분으로 만들기를 갈망한다
그 힘으로
자유의 옷을 지어 입고, 바람같이
푸른 하늘을 걷는 것이다

아테네의 돌계단

돌이 계단으로 되는 순간
그것은 돌이 아니다
구청 본관 오르는 길 돌계단,
마모되어 굴곡졌지만 듬쑥한 거울이다
그곳에는 날개 달린 언어가 산다

아테네 한가운데 프닉스*의 삼단 돌계단,
지금 비록 시간의 더께에 눌려 소슬하지만
아테네의 거울이다
뜨거웠던 시민의 목소리가 오르내려
그토록 갈고 닦은 민주주의 거울이다
아테네의 굳건한 근육은
횃불 들고 담금질했던 저 돌계단의 은혜다

돌계단에 올라서면
언제나 하늘이 내려와 나그네의 팔을 잡고 어깨 누르며
손을 내민다
우리들의 민주주의를 내놓으라 한다
누추해질 뿐이다

* 프닉스: 아테네 중심에 자리 잡은 낮은 언덕. 기원전 6세기경 아테네 민주주의가 탄생한 곳

동물들은 함께 걷자고 하는데

우리 속 침팬지가 새끼 잃자,
두 주먹으로 가슴을 치며 울부짖는다
버림받은 검둥이 반려견이 일 년이 넘도록
정류장에서 주인을 기다리고 있다
주인의 부주의로 새끼 잃은 경주마가
너무나 서운하여 승마를 거부하고 있다
저들의, 그 깊은 마음의 방에는
사람을 닮은 눈동자를 서리담고 있다

지각을 담당한 뇌신경이
개와 같다는, 바닷속 문어가
한 달을 굶으며 알을 지키다가, 그대로 죽고 난 후
새끼에게 몸을 보시하는 모습 보는데

입의 호사를 위해
끓는 물 속에 저 문어를 넣자,
번개처럼 튀어나와 내 몸을 휘감더니
손바닥만큼 큰 빨판이
내 허벅지에 철썩, 달라붙는다

하얼빈의 총소리

'나는 한 짐승을 죽였다
나를 전범으로 처벌하라'*

사람과 짐승들의 전투여서
주인을 덮친 짐승 향해
쏜 총, 총알!
자유를 선언한다
반도의 독립을 선포한다
총알은,
한이 응어리져 옹이가 된
신념이다

그가 동물 제국 법정에서
위의당당하게 요구한 것은,
물결치는 늡늡한 아시아의 평화다
조국의 독립이다
만민의 자유다

* 안중근 의사의 외침

북소리

세계화의 물결에 올라탈 줄 아는 것은
꽃밭에서 헤엄치는 것 알면서도
빠져나가는 향기를 바라보며
우리는 가슴 친다

'정의란 무엇인가'*
서로 인정하고 미소를 교환하고
나누고 손잡아 주고
밀고 당기며 시간의 기차를 끌고
앞으로 나아가는 것이라고 말하지만

돈은 그 넓은 손바닥으로 평등을 삼켜 버리고
훈련의 기회를 상자 속에 가두어 버리고는
까맣게 탄 얼굴을 노려보기만 한다
대를 이어 꽃밭을 점유한다

불합리를 깨뜨리라고
함성이 울리는 북소리
점점 가까이 다가서고 있다

귀향을 기다리는 탑들

바티칸 메트로 광장 터키 이스탄불
프랑스 콩코드 광장 뉴욕 센트럴 파크 영국 템스강 변
저기 나볏하게 우뚝 서 있는 탑들,
흐르는 강물로 매일 몸을 씻고 있는 것은
돌아갈 날 기다리기 때문이다
고향이 그리워 목이 마른다

저들이
저 먼 이국, 저뭇한 땅에 서 있는 것은
전적으로 타의에 의해서다

태양신을 숭배하고 찬미했던
이집트 여러 왕조가
나일강 가 여러 곳 신전에 세웠던
장엄한 오벨리스크*들이,
이제
차가운 이국의 심장 버리고
당당히 귀국할 날
손꼽아 기다리고 있다

* 오벨리스크: 고대 이집트가 태양신 숭배 상징으로 세운 탑

귀선*

– 왜적 배는 날렵한 전투선, 적군은 우리 배에 쉽게 올라
　타 공격하니 막을 길 없구나. 적군이 올라탈 수 없고
　파도를 부수는 강한 배, 그게 필요해 그게 정말 필요
　해!!

고민과 번민에 빠져 좌절하다가
그리고 또 그리고, 지우고 다시 그리고
설계도가 완성된 날,
순신은 무릎 꿇고 천지신명께 감사한다

전함은 전함이로되 창이 달린 지붕이 있고
아군 병사를 보호하되
먼 거리 적진도 명확히 정찰할 수 있어
조준하여 대포 쏘면 백발백중이다
통나무를 통째로 짜 맞춰 놓았으니
바위에 부딪혀도 까딱없고
가까이에서 적의 전함을
가뭇없이 침몰시킬 수 있다
　– 음, 귀선,

명운이, 하늘이
우리 곁에 다가오고 있구나

* 귀선龜船 : 거북선

무심코 나누는 말을 앞에서

튼실한 안과 밖을 얻기 위해
땡볕 속에 담금질하는
한 알의 사과,
우리의 말, 또한
저 사과의 속살이다
말 속에
향기가 익어 간다

무심코 나누는 너와 나의 이야기 속에
굵은 기둥처럼
오래전 경전 속 말 떠오른다
─산만한 말은 의심스러운 걸 품고 있고
  시끄러운 말은 빈말이 많고
  갈팡질팡하는 말은 모함함이 있고*

우리가 지금 세워야 하고,
나아가 맞아야 하고
막아서서 거부해야 할 말
너와 나 사이

분명 있다

씻고, 또 씻는다

*東洋 古典, 『周易』 계사전 12장에서 인용

화살의 몸통을 잡아 보니

고대 중국,
신하가 군주를 처형하는 일은
하늘을 뒤엎는 일과 다름이 아닌데
하나라의 폭군 걸왕을 멸하고 상나라를 세운 탕왕,
악의 화신 주왕을 토벌하고
주나라를 세운 무왕이 생각에 떠오른다

— 나는 한 사내를 처형하는 것은 보았으나
　한 왕을 시해한다는 말은 듣지 못했다*
이 선언이 내 정수리를 강하게 때린다
왕다운 왕 백성다운 백성의 나라를 갈망했던 맹자가
갈파한 이 한마디는
정곡을 향해 나는 하나의 화살이다
역사의 동맥을 뚫고 지나간다

화살은,
한 알의 사과를 관통하기도 하고
사랑으로 막혀 아파하는 가슴을
뚫어 주기도 한다

* 『맹자』, 「양혜왕 下 8」에서 인용

땅과 말씀 사이

땅강아지도 오소리도 산비둘기도
갈랜 가슴 깨우고
그림 그리는 일 재촉하는 땅의 마음,
그 속 깊이 들어가 깨달은 바 있는
우리 선조 한 분이
'사람은 땅을 본받고'*
우리 손을 이끌며 눈뜨라 말한다
진실로 땅의 품에 살면서
그 베풂에 대해서는 초연한 체하는데도
땅은, 우리의 발바닥을 어루만진다
파헤쳐지고 부서지고 깎이고 마모된 곳을
힐링시킨다
그런데도 돌아서서, 우리는
기억을 헐어 버리고 묻어 버린다

지금, 저 말씀이 웅숭깊어
땅속 깊은 곳으로 우리를 끌고 들어가
땅의 심장을 실답게 만져 보라 한다

＊『道德經』제25장 인용

무서운 것들과 무서워하는 것들

지진에 부서진 바다가 거친 몸짓의 쓰나미 되어
땅의 소꿉놀이를 짓이기려 한다

문자를 씹으며 불기둥을 내뿜고 있는 화산이
땅 위의 구린내 나는 말장난을 불태울 듯하다

그림자 속에 숨어 있는 가공할 무기들이
제 길을 가지 않고 폭주하는 사람들에게,
멈추라고, 지체없이 멈추라고
폭탄을 내던질 듯하다

마녀사냥
노예장사
사상 강요
인종 청소, 땅 빼앗기 놀이를 바라보고 있던
우거진 바이러스 무리가
금방 튀어나와
무차별 공격할 것 같다

나팔 소리

기원전 일 세기 가르시아에서 로마로 오는 길목
루비콘강*,
비록 작은 강이지만
한 나라의 명운을 안고 흐르고 있다
몇 배나 큰 가르시아와의 8년 전쟁에서
승리하여 위의당당하게 개선하는
카이사르*,
강은, 그에게 넘지 말라고 가로막는다
 ─ 강의 말을 거역하면, 인간 세계가 비참해지고
   받아들이면, 내가 파멸이다
   주사위는 이미 던져졌다

그는 단호히 강의 명령을 거부한다
로마가 감당해야 할 새 문명,
그 주춧돌을 놓겠다는 결의이다
황제의 탄생을 알리는 나팔 소리다
땅 위의 모든 길들이
일제히, 일시에 로마 향해 고개를 든다

나는, 옛 원로원 건물 첨탑을 바라볼 때마다
새 옷을 갈아입는다

* 루비콘강: 이탈리아 북부에 있는 강
* 카이사르: 로마의 군인, 정치가(BC 100~BC 44)

단단한 성

성벽 앞에 서 있는
이 시대 맨 앞에서 뛰고 있는 AI,
미래로 가는 지구의 한길을 이끌고 있다
지식의 산더미에서 골갱이만을 골라내고
죽어 있는 사물에서 소리를 건져내고
사람과 사물의 등뼈를 연결하는
무소불위 AI가,
바람도 넘볼 수 없는 성벽에 막혀
고뇌하고 있다
자유를 말살한 독재정권,
나라가 굶주려도 철통같이 성문을 잠그고
땅이 목말라도 귀를 막아 물소리를 차단하고
눈에서 섬광이 나와도 암흑 속에 파묻어 버리며
오직 신념에 몰입된 성,

지금 저 산성 깊은 곳에 손을 밀어 넣은 AI가
돌처럼 단단히 굳은 심장을 아파하고 있다

숙주나물을 먹을 때

수양대군이 단종을 죽인 것은
숙주나물 전설을 쓰게 하는 창작 행위이다
결기로 가득 찬 사육신이
목숨 걸고 부당함을 항변하고 있을 때
신숙주에게
지조 버린 공로를 인정하여
영의정 영예를 하사한다
지조가 썩은 인물을, 누군가
숙주 같은 사람이라 했는데,

녹두나물,
그것을 누가 '숙주나물'이라 했을까
참 맛있는 저 나물이
유독 잘 변질하는 것은
몸을 버리면서도
신숙주를 고발하려는 충정 때문이다

꽃 중의 꽃

오래전 이 땅에 피어났던 꽃 한 송이,
듬쑥한 그 향기가
지금은 반도 너머 멀리멀리
지구를 감고 돈다
한글,
저 생명체가
사람과 마을을 연결하는 흰 비둘기 등에 올라
세상 눈동자를 이끌고 있다

한 나라의 문화를 숨 쉬게 하는 것은
맥박이 오롯하게 살아 있는 그 나라의 말,
그것은 꽃 중의 꽃이다
국제연합 저 높은 빌딩 벽에
얼굴 밝히고 있는 여섯 개의 꽃송이,
그중에, 해 같은 얼굴,
한글이다
바라보고 있노라니
가슴 벅차 가눌 수 없다

불덩이

뉴스 생방송 하는 아나운서 바로 뒤에
발밭게, 번개가 데리고 나온
피켓 하나
"No War!"
세계인의 가슴에 던지는
불덩이다

지금, 지구 한 귀퉁이에서
초현실적 무장한 한 괴물이
평화를 먹고 사는 바로 옆 양들의 우리를
기관총으로 탱크로 미사일로
초토화 시키고 있는데,
고분고분 말 들어 주지 않는 것이 이유다
단지, 길들이기 위한 저 만행을
피켓이 고발하고 있다

야만이 가득 찬 저 괴물의 심장 속으로
올차게 돌진하는 저 외침,
저것은 분명
만행을 태워 버리려는 양심의 불덩이다

에펠탑의 얼굴

땅 위 흩어져 있는 시간의 자국들을
웅숭깊게 핥고 있는 세계의 탑들
아바나 혁명 기념탑, 바스티유 광장 기념탑
동학 혁명 기념탑, 멕시코시티 혁명 기념탑,
세계를 바루고 싶은 마음 무두룩하다

목을 길게 뽑아 들고
혁명의 횃불을 쓰다듬고 있는
등뼈가 칼로 만들어진 탑도 있다
단두대 위에
거꾸로 흐르는 물결을 눕혀 놓고
칼춤 추던 기억 되새기고 싶은
에펠탑이 있다

세상을 마음대로 발길질한
절대왕정의 뿌리를 삭둑 잘라 낸 기상으로
민중의 함성이 만든 저 탑

저 탑 곁은 늘 기운이 서늘하다

모포 한 장 덮으며

발칸반도 알바니아 한 도시 외곽 길섶
널따란 돌판 위의 큼지막한 돌상자 하나,
한 무더기 촛불 거느리고 있다, 그 앞에
흰 두건 머리에 두른 푸른 사람,
십자가 손에 든 여인, 빛바랜 배낭 걸치고 있는 나그네,
무릎 꿇고 기도하고 있다

돌상자 속을 들여다보니
거친 숨소리, 아우성, 비명,
제국주의 십자군 오스만제국의 깃발,
소총 기관총 수류탄 폭탄,
세르비아 몬테네그로 보스니아 크로아티아 병사들,
서로가 거칠게 얽히고 겹친 채
하늘의 품속에서 무람없이 자고 있다
저 적막의 안식이 영원히 지속되기 바라며
나는, 내 깊은 곳에서 소중한 모포 한 장 꺼내
그 위에 덮는다

돌을 뚫는 시선

누구도 넘보지 못했던 가르시아와 브리튼을
질풍같이 정복하고 조국으로 개선하는 그를,
루비콘강이 가로막는다
―군대를 버리고 들어오라!
단칼에 강의 요구를 잘라 버린 로마의 한 장군,
그의 시선은, 온전히
2000년간 휘날리게 될 제국의 깃발에 꽂혀 있다
저무는 왕조의 지극한 충신을
선죽교 위에서 피 뿌려 제거하며
강철 같은 신념으로
정적도 동지도 자식도 가족도
닥치는 대로 처단한 살인 기계 한 인간,
그의 시선은, 오래전부터
한민족의 영원한 문자,
한글 창제에 맞추어져 있었다

세상을 응시하는 눈 중에는
돌을 뚫는 시선도 있다

4부

본의 아니게

얼음 퇴적층 깊은 곳에
수만 년 잠들어 있는 순록이
어느 날 소리에 놀라 잠을 깨어
눈먼 채찍과 부딪히더니 빙빙 돌고 있다
순록은 간데없고 바람이다
바다의 그늘 속에서 수억 년 동안
씨줄과 날줄을 그어 온 푸른거북이
바닷속 화산폭발에 쫓겨 대양의 꼭대기에 고꾸라진다
거북은 보이지 않고 포말이다
서기 삼천구백 년 시작하는 날
발만스럽게 길을 걷던 아바타가
추락하는 행성과 부딪혀 흔적이 보이지 않는다
그림자다
존재하는 것들이
시간과 나란히 걷다가, 어느 날,
본의 아니게
모습을 빼앗긴다

아름다운 형벌

'너는 네 평생에 수고하고
흙으로 돌아갈 때까지 얼굴에 땀을 흘리리라'*
이 선언,
인간을 처음 창조한 하나님이,
약속 못 지킨 인간에게 던진 최초의 선물이다
땀 흘리는 노동,
원죄가 바쳐야 하는 하얀 손수건이다
가시 달린 과일이다

암흑 속에서 타올타올 어둠을 갈아엎는 땅강아지도
아득한 우듬지 끝에 암팡지게 두려움 깨부수는
하늘다람쥐도
차가운 대기를 예리하게 칼질하는 솔개도
언제, 어느결에,
저 죄를 깨득하였을까

'노동은 죄의 대가가 아닙니다
몸이 바치는 선한 춤입니다'
몸의 호소를 경청하는 창조자의 굳은 표정 위에

그림자 없는 구름 덩어리 스치고 지나간다

* 기독교 경전, 구약 『창세기』 3장

사람이기에, 너무나 사람이기에

천국 열쇠 주겠다고 약속한 그리스도에게
새벽닭이 울기 전 세 번 부인한 그 사람,
죽고 싶지 않기에, 살기 원하기에
죽어가는 형제들 버리고 폭군의 지옥을 탈출하다가
그리스도와 맞닥뜨려,
넋 놓았다가 주워 담은 그 사람,
'주여 어디로 가시나이까?'
'나는 네가 버린 형제들 위해
 다시 십자가 매달리기 위해 로마로 간다'
너무나 열없어
서둘러 다시 로마로 돌아온 그 사람,
바로 매달리기 죄스러워
거꾸로 십자가에 순교한 베드로*,

왜 그에게서 사람의 향기가 날까
그의 가슴에는
하늘나라보다는
사람의 나라가 무성하게 우거져 있다

118

＊베드로: 예수의 12사도 중 한 사람

죽더라도 물러설 수 없어!

– 우리가 조선을 치면 어떻겠는가

– 그게 무슨 말씀이십니까

– 영주들의 불만이 내 목을 찌르고 있어

　선물이 필요해, 매력적 선물이 필요하단 말이야

　조선朝鮮과 명明,

　먼저 조선, 이어서 명을 치는 거다!

　이 정도면 내 영위를 지킬 수 있어!!

도요토미 히데요시의 입이

일자로 찢어진다

그가 만지고 있는

빛이 미끄러지는 반짝반짝한 서양식 조총,

조선은 꿈도 꾸지 못한 무기다

활과 칼만 쓰고 있는 조선의 무력함을

도요토미는 이빨로 자근자근 씹고 있다

가도입명*

선조 25년, 15만 왜군이 수백 척의 전함을 이끌고

까맣게 부산진을 공략한다

우수영의 조선의 진지들이 추풍낙엽이다

하는 수 없어, 어쩔 수 없어
전라 좌수영 이순신을 소방수로 불러온다
옥포로, 적진 속으로 폭풍같이 돌진한다
―우린 결코 물러설 수 없어!
  죽더라도 물러설 수 없어!

* 假道入明: 明나라를 치려 하니 길을 내 달라

약속의 무게

네 번씩이나 약속하고
25년을 기다려 백 세에 얻은 아들을
— 아브라함아, 네 아들을 제물로 바쳐라!
— 아들 이삭을 제물로 바치라는 말씀이십니까?
억장이 무너지는 아브라함,*

이삭을 밧줄로 묶고 제단 위에 누이고
칼을 높이 들었을 때
— 아브라함아, 멈추어라, 네 마음을 내가 알았다
  네 자손이 별들처럼 번성하리라!

믿음의 바다까지 활짝 열어젖히고
하늘 아래 가장 소중한 것을
약속의 증빙으로 응답한
결 바른 아브라함,

받고 드리는
금빛 은빛 세상의 약속들,
하지만 그 약속의 무게,

심장의 저울 위에 온새미로 올려놓았을 때
눈금이 선언한다

* 기독교 경전, 구약『창세기』22장에서 인용

팥죽

붉게 물든 땅의 기운이 오롯이 담긴 팥죽 한 그릇,
그것은 단순히 음식이 아니다
온종일 숲을 누빈
이삭의 큰아들 에서*에겐
감사하는 마음 한 사발이다

하지만 그 속엔, 놀라운, 정말 놀라운
동생 야곱의 의도가 숨어 있다
짐승 가죽으로 변장하여
눈먼 아버지의 축복까지 가로채려는 동생 야곱의 마음이,
감쪽같이 숨어 있다
장자권과 바꾸겠다는, 이 팥죽 한 그릇을
깊은 생각 없이, 너무나 쉽게
에서는 설핏 받아 든다
후루룩후루룩 삼키는 순간,
에서의 꿈은 허공에 흩어지고
하늘은 아득히 멀어져 간다

팥죽 앞에 앉으면

나는 늘 뜨악해지고 막막해진다

＊기독교 경전, 구약 『창세기』 25장에서 인용

해어진 옷자락

야곱*의 열두 아들 중 열한 번째로
아버지 사랑을 독차지해 띠앗 없다는 죄로
형들에게서 배척당해 밧줄에 꽁꽁 묶여
이집트 노예로 팔려 간 요셉,
시기 모함 거짓 있을 때마다
하나님 옷자락 단단히 붙잡더니
마침내 이집트 총리가 되고
칠 년 기갈도 미리 알아 식량 넉넉히 비축한 요셉,

이집트까지 수만 리 길을
식량 구하러 온 형들을 단숨에 알아보고도
모른 체하며
돌아서서 숨죽여 홀로 울고 또 엉엉 운다
식량 얻어 돌아가는 형들 자루 속에
돈도, 은잔도, 몰래 넣어, 도둑으로 몰고서
그걸 빌미로 삼아
뼛속까지 그리운 온 가족을
이집트로 불러온 요셉,

그가 그토록 한결같이 붙잡고 놓지 않는 것은
닳고 또 닳아 해어졌을 때도
깁고 또 기워 참살이 붙은
하나님의 옷자락이다

*야곱: 기독교 경전 『창세기』 37장의 인물

단 열 명의 의인이 없어

타락한 소돔과 고모라*,
확인하기 위해 하늘에서 내려온 두 손님
손님이 천사란 것 깨닫고 있는 롯,
극진히 대접한다
어떻게 알았는지
손님을 붙잡으려 들이닥친 도시의 무리가
— 감추고 있는 외부인을 내놓아라
고래고래 소리 지르며 족대긴다
하지만, 롯은
— 절대, 절대로 내놓을 수 없소이다
결기로 맞선다

단 열 명의 의인이 없어
기어이, 통째로 불바다가 된 도시,
미련 때문에, 그걸 뒤돌아보는 아내를
말리지 못한 무력한 롯의 업보,
마침내 소금기둥 된 아내를 바라보는 롯의 머릿속에
하얀 소금 바다가 출렁이고 있다

* 기독교 경전, 구약 『창세기』 18장

사자도 고양이처럼 순해지고

바벨론에 의해
칠십 년간 포로 생활하던 유대 백성 중에
지배자에게 절하지 않아 죄인이 된 다니엘*,
두수없이 사자 굴에 던져지네
할렐루야,
그에게 다가오는 사자가 순한 고양이로 변해 있네
쓰다듬다가, 안아 주다가
굴에서 당당히 걸어 나오는 다니엘,
하늘 찬송 울려 퍼지네
지배국 왕이 너무 놀라, 마침내
모든 백성에게 명령하네
–다니엘의 하나님을 경배하고 유대인을 모두 본국으로
　돌려보내라
　예루살렘 성전을 다시 복구시키고 빼앗았던 보물들
　모두 돌려보내 주어라

슬퍼서 울고 또 울었던 수많은 유대 포로들
이젠, 느꺼워 가눌 수 없는 감격이 온몸 적시네

* 기독교 경전, 구약 『다니엘서』에서 인용

가슴에 살고 있는 양지

남편과 두 아들을 졸지에 잃고
이마가 하얀 두 과녀 며느리 데리고 사는
타향의 시어머니가,
― 이제 너희들, 고향에 돌아가거라
　너희 푸른 삶에 새 꽃을 피우거라
헌데, 과녀 룻*은
― 저는 어머니 곁을 떠나고 싶지 않아요
　홀로 두고 떠날 수가 없어요
마음이 살가운 룻의 가슴 속에는
양지가 익어서 대낮이다

베들레헴에 함께 돌아온 룻과 시어머니,
아득한 펀더기에서 이삭 줍는 생이 시리다
하지만, 저 차가운 황야에도
룻을 지켜보는 하늘 눈, 임재하고 있다
모닥불 마련하여 얼어 있는 룻의 두 손을 꼭 잡아 주는
놀라운 저 몸짓,
나는 보았다

* 기독교 경전, 구약 『룻기』

하늘이 준 땅을 바라보며

그들이 하늘로부터 받은 그 땅,
이스라엘,
맛나는 젖도 달콤한 꿀도 없다
아귀찬 열정만을 부르고 있다
사막을 옥토로 바꾸라는 말씀이 살고 있다

황량한 모랫벌 위에
마음도 사막으로 변해 간 가나안의 신의 자손들,
기웃기웃
시대의 구석구석 수소문하고 곰파더니
기어이, 사막 위에 저수지를 만든다
바닷물을 담수로 바꾼 불굴의 사업이다
사막의 발바닥 실핏줄을
촉촉하게 젖게 하더니
마침내는 개울물이 핏줄 되어 흐른다
온 땅 위에 대추야자 무화과 포도 딸기,
나는 입속 가득 저들을 넣고, 깨문다
탄탄하게 살아 있는 것,
그건 땅의 말씀이다

생명 평화 사랑에 대한 사유

오 홍 진(문학평론가)

생명 평화 사랑에 대한 사유

오 홍 진(문학평론가)

1.

지창구 시인은 시를 통해 지금과는 다른 세계를 상상한다. 지금 우리는 자본이 지배하는 세계를 살고 있다. 자본은 모든 생명을 이익의 여부로 판단한다. 이익이 있으면 살 가치가 있지만, 이익이 없으면 살 가치가 없다. 누가 생명의 가치를 따지는 것일까? 당연히 자본을 쥔 권력이다. 권력은 이익이 되는 일이라면 전쟁도 불사한다. 세계 곳곳에서 오늘도 죄 없는 사람들이 비참하게 죽어가고 있다. 지창구 시인은 죽음이 지배하는 세계의 반대편에서 생명으로 가득 찬 또 다른 세계를 들여다본다. 그곳에서 나무들은 왁자한 발소리를 내며 봄을 끌어당기고(「걷고 있는 나무들」), 아이들은 보물 창고에 쌓인 무수한 사물들과 신나게 논다(「보물 창고」). 지금과는 다른 세계를 상상함으로써 우리가 발 디딘 세계를 성찰하는 시 쓰기를 지향한다고 말하면 어떨까?

　　　삼월의 숲속

　　　세상은 아직 까맣고 차가운데

　　　적막을 밀치고 들리는 왁자함,

　　　나무들의 발소리다

　　　질기게 버티고 있는 어둠을 허물고

　　　결기 있게 발소리 맞춰 걷고 있다

　　　침묵으로 엎드려 있는 일은

　　　죽음의 연습일 뿐,

　　　걷고 있는 발소리는

　　　생명 창조의 기호이다

　　　서로 간격을 유지하지만

　　　치밀하게 가누고 있는 저들 사이에서

　　　너와 나, 또한

　　　함께 걷고 있는 나무다

　　　그림자만 사는 숲속에서

　　　새싹 일렁이는 계절을 마중하기 위해

　　　발걸음 맞추고 있다

　　　　　　　　　　　　　— 「걷고 있는 나무들」

　표제작인 「걷고 있는 나무들」을 먼저 살펴보자. 이 시에서 시인은 삼월 숲속의 적막을 헤치고 밀려 나오는 나무들의 왁자한 발소리에 주목한다. 삼월이면 초봄이다. 하늘에는 봄이 무르익었지만, 그 기운이 땅으로 내려오려면 아직은 조금 더 기다려야 한다. 시인은 "침묵으로 엎드려 있는 일은/ 죽음의 연습일 뿐"이라고 이야기한다. 삼월 숲을 덮은 죽음의 기호를 왁자하게 들려오는 나무들의 발소리가 저 멀리 밀어낸다. "생명 창조의 기호"라는 시구에 표현된 대로, '걷고 있는 나무들'이 내는 발소리가 초봄의 숲을 일깨운다. 나무들의 발소리는 뿌리로부터 뻗어 나오는 생명의 기호라고 할 수 있다. 겨우내 뿌리로 기운을 모았던 나무는 봄기운을 온몸에 품고 조금씩 몸을 움직이기 시작한다. 움직이지 않는 생명은 죽은 사물과 같다. 생명은 끊임없이 몸을 움직임으로써 살아 있음을 과시한다.

나무들이 왁자한 발소리를 내며 숲속을 걸으려면 서로 간격을 유지해야 한다. 간격은 나무들이 숨을 쉬는 틈과 같다. 틈이 없는 땅에서는 어떤 생명도 살 수가 없다. 시인은 "너와 나, 또한/ 함께 걷고 있는 나무"라는 점을 무엇보다 강조하고 있다. 숲속에만 봄기운이 퍼지는 게 아니다. 너와 내가 사는 곳에도 봄기운은 어김없이 찾아온다. 봄기운을 온몸으로 맞이한 나무들이 기꺼이 한 걸음을 내딛듯이, 우리 또한 봄기운을 가득 품고 생명의 향연을 펼쳐야 한다.

서로 사랑한다는 것,

생명이 만든 한 선 위에서

모두가 수평이다

— 「알고 믿고 사랑하고」

살 오른 오월

햇발이 회색빛 도시 그림자를 걷어내니

찬란하다

하지만, 중앙로 121길 주위에 사는 도시 새들,

질주하는 소음의 발길질에 자주자주 채인다

큰길가 느티나무가 그들을 불러 모아 품고

상처에 약을 바른다

나는 이 나무의 사상에 이끌려 다가가서

내 초라한 시로

상처를 동여맨다

— 「'다워야'에 눌려」

살면서 밀려드는 파도 위에서

버거워 무너질 때면

사무치게 따스한 손이 있다

하얀 손이다

— 「하얀 손」

「알고 믿고 사랑하고」에는 강원도 깊은 산속의 암자
에 사는 스님이 나온다. 눈이 천지를 삼켜버린 날 스님은

배고픈 새들에게 먹이를 내놓고 손뼉을 친다. 아무런 두려움도 없이 새들이 몰려든다. 온갖 새들이 먹이를 쪼아 먹으며 스님의 독경 소리를 듣는다. 새라고 가만있을까? "손 팔 어깨, 다시 머리 위로 옮겨 가며/ 노래를 보시하는 새들"이라고 시인은 쓰고 있다. 새는 스님을 믿는다. 스님 또한 새를 믿는다. 믿음은 사랑에서 뻗어 나온다. 사랑에서 믿음이 뻗어 나온다고 말해도 좋다. 사랑과 믿음이 펼쳐진 자리에서 보면 생명은 "모두가 수평이다".

시인은 도시 소음에 치인 새들을 온몸으로 품어 안는 큰길가 느티나무에 주목한다. 느티나무는 새의 몸 곳곳에 난 상처에 약을 바른다. 소음과 매연에 지친 새들을 청량한 향기로 치유한다. 시인은 느티나무가 실천하는 이 사랑에 온 마음을 기울인다. "내 초라한 시로/ 상처를 동여맨다"라는 시구를 가만히 음미해 보라. 지창구 시인은 타자의 상처를 살뜰히 어루만지는 데서 시작(詩作)의 길을 찾는다. 타자의 아픔은 곧 내 아픔과 다르지 않다.

「하얀 손」에 나타나는 "사무치게 따스한 손"도 마찬가지다. 사람이 그리워 몸속에 파란 꽃밭을 가꾼 바다가 한 소녀를 바다 깊은 곳으로 데려간다. 바다의 압도적인 힘에 눌린 소녀는 그저 비명만 내지를 수밖에 없다. 순간 비명을 들은 사람들이 서로 손을 붙잡고 인간 밧줄을 만들어 바닷속으로 들어간다. 소녀를 끌어당기는 두 힘이 맞선다. 사람들이 선뜻 내민 손은 소녀에게는 새로운 생을 여는 손이라고 할 수 있다. 소녀를 죽음으로부터 보호하는 손이 아닌가? 시인은 삶이 버거워 힘들 때면 사무치게 그리운 이 손을 떠올린다. "하얀 손"이다. 하얀 손은 타자의 상처에 약을 발라주는 손과 같다. '초라한 시'에 정감을 불어넣는 이 손이 지창구 시인의 근원에 자리하고 있다고 말해도 좋을 것이다.

2.

시는 문자(언어)로 표현한다. 시와 사물 사이에 문자가 있다. 하지만 같은 문자라고 해도 쓰는 주체에 따라 그 맥락은 달라진다. 「가여운 저 문자들」에서, 시인은 한 권세가의 자서전에 쓰인 문자들을 시어와 비교하고 있다. 시어는 작가의 집에 들어가 꽃향기를 뿌린다. 문자의 자유란 곧 시인이 부여한 의미에서 시작된다. 시인은 "자유를 갈망하는 저 문자들"이 가여워 가만히 쓰다듬는다. 문자들로 사방에 꽃향기를 뿌리는 상상을 한다.

책 맨 가죽끈 세 번 끊어질 때까지
읽고 곰파며 길을 찾던 한 현인이
가장 귀하다고 여긴 글자,
태泰,
가슴에 품는다
그것은 만남을 제안하는 파란 손수건이다
주역 64괘 중에서, 숙고하고 또 숙고하여
꼭, 이것을 집어 든 뜻은

거기, 세상을 따뜻하게 하는 힘, 만남을 제안하는 말

살고 있음을 보았기 때문이다

산과 들에 흩어져 있는 생명들

황야에 발붙이고 사는 다옥한 존재들

어느 것 하나라도

흔들면 안 되는 귀한 이웃들이다

관계와 관계 사이

지금 있는 그 좌표 위에서

침묵이지만 서로 손짓하는 뜻은

만남을 갈망하는 파란 손수건이다

— 「파란 손수건」 전문

　공자는 책을 묶은 가죽끈이 세 번 끊어질 정도로 『주역』을 읽었다. 곁에 두며 시간이 날 때마다 읽은 이 책에 실린 여러 글자 중에서 공자가 특히 귀하게 여긴 글자는 태(泰)였다. 64괘 가운데 하나인 지천태(地天泰)는 하늘과 땅 사이에 평화로움이 깃들었다는 의미를 품고 있다. 시인은 이를 "만남을 제안하는 파란 손수건"에 비유한다. 욕심의 맞은편에 만남이 있다. 제 욕심에 눈이 먼 사람은 타자와 만날 생각을 하지 않는다. 타자와 만나지 않고 어떻게 세상을 따뜻하게 할 수 있을까? 공자는 '태'라는 글자에 세상을 따뜻하게 하는 힘이 숨어 있다고 생각했다. 물론 그것이 현실로 실현되려면 마음 깊이 이 글자를 품은 사람들이 많아져야 한다. 이들은 하늘과 땅의 근본을 본받는다. 하늘과 땅의 근본은 무엇일까? 사랑이다.

'태'를 품은 마음으로 보면, 산과 들에 흩어진 숱한 생명은 그 자체로 "흔들면 안 되는 귀한 이웃들이다". 생명은 생명과 만나 또 다른 인연을 맺는다. 하늘이 있기에 땅이 있고, 하늘과 땅이 있기에 온갖 생명이 있다. 하늘 기운과 땅 기운이 만나 생명의 기운을 낳고, 생명과 생명이 만나 또 다른 생명의 기운을 낳는다. 크고 드넓은 세상이란 이런 기운들이 모여 온전히 생성된다고 할 수 있다. 시인의 말마따나 우리는 지금 "관계와 관계 사이"에 서 있다. 아무 말도 없이 침묵하는 이 순간에도 우리는 서로를 향해 손짓하며 만남을 갈망한다. 지천태의 괘상은 하늘 위에 땅이 있는 형상을 담고 있다. 하늘이 위에 있으려면 땅을 알아야 하고, 땅이 아래에 있으려면 하늘을 알아야 한다. 이것이 '태'에 담긴 근원적인 의미이다. 뭇 생명은 바로 이 이치를 통해 있어야 할 곳에서 피고 지는 삶을 영위하는 셈이다.

「시각을 놓쳤지만」을 보면, 시월 어느 날에도 여전히 그 무언가를 기다리며 기도하는 민들레 한 송이와 왜가리 한 마리가 나온다. 시인은 삼월에 긴 여정을 시작한 민들레꽃에서 "단단한 소망"을 엿본다. 민들레꽃이 다음에도 거듭거듭 피어나길 소망한다. 어둠이 깔린 양양 포매리 습지에 남은 왜가리 한 마리라고 다를까? 그들은 떠나야 할 시간을 놓쳤지만, 그래도 여전히 무언가를 "붙잡으려는, 놓지 않으려는," 집념에 들떠 있다. 살아 있는 생명치고 이러지 않은 존재가 어디에 있을까? 색 바랜 머리를 풀숲에 묻고 기도를 올리는 왜가리의 모습에서 시인은 뭇 생명을 아우르는 대낮 같은 집념을 포착한다. 죽음이 멀지 않았다는 걸 알면서도 그들은 지금 이곳에 펼쳐진 삶을 충실히 살아낸다. 이 또한 '태(泰)'를 실현한 삶이라고 해도 상관없겠다.

「노자의 골짜기」에 나타나는 "밤을 패며 강인한 생명 분만하는 낙타의 몸" 역시 이와 다르지 않은 맥락을 품고 있다. 노자는 골짜기의 신을 '현빈(玄牝)'이라고 말했다. 현빈은 아득한 암컷을 의미한다. 언어로 표현할 수 없는 사물을 언어로 표현한 이 말은 천지의 뿌리를 의미한다. 모든 생명은 암컷에서 비롯된다. 봉우리와 봉우리 사이에 움푹 팬 골짜기의 물은 가뭄에도 마르지 않는다. 시인은 "신묘한 샘"으로 영원히 가물지 않는 암컷의 문을 표현한다. 가문 땅에서는 생명이 피어나지 않는다. 촉촉이 젖은 땅에서만 생명이 피어난다. 생명은 물이 있는 곳에서만 살 수 있다. 삭막한 사막 한가운데서 생명을 분만하는 낙타의 몸에도 이러한 물이 샘처럼 스며 있다.

유모차 길섶에 세워 두고
아기와 아빠가 땅파기 놀이하고 있다
 ─ 아빠, 여기 사슴벌레 있어요
땅속에는 꿈이 사는 창고가 있다

- 그래, 여기 매미도 있구나

아빠가 창고의 문을 활짝 열어젖힌다

과연

뿔을 세운 사슴벌레가

아기 손가락 끝까지 슬슬 기어 나오더니

뿔을 세우고 아기를 호기롭게 들어 올린다

날개를 펼친 매미가

아기를 등에 태우고

푸드덕 하늘로 능준하게 날아오른다

다옥한 숲의 나무들이 허둥지둥

아기를 따라 아기의 나라로 들어간다

딸기알 포도알이 잔뜩 열려 있다

꿈은 보물 창고다

— 「보물 창고」

위 시에 분명히 나타나듯, 지창구 시인은 자유로운 상상력으로 사물들의 세계를 표현한다. 아빠가 꿈이 사는 창고의 문을 활짝 열면 아기는 그 속에서 마음껏 상상의 나래를 펼친다. 상상은 별다른 게 아니다. 뿔을 세운 사슴벌레가 아기 손가락 위로 슬슬 기어 나와 아기를 호기롭게 들어 올리는 게 상상이고, 날개를 펼친 매미가 아기를 등에 태우고 하늘로 날아오르는 일 또한 상상이다. 상상은 현실에 매이지 않는다. 현실을 넘어 또 다른 현실을 창조한다. 상상의 보물 창고에는 주인이 따로 없다. 아빠와 아기와 사슴벌레와 매미와 나무들은 평등하게 이곳을 드나든다. 이곳에서 아기는 사슴벌레가 되고 매미가 되고 나무가 된다. 이것과 저것이 구분되지 않고 하나로 어울리는 세계가 바로 보물 창고에 감추어진 꿈의 세계다. 지창구 시인은 바로 이런 세계를 날마다 현실 속에서 꿈꾸고 있는 셈이다.

상상 속에서 끊임없이 깨어 있으려는 시인의 열망은, 「종소리」라는 시에도 뚜렷이 드러난다. 발우를 내려놓고 길을 떠나는 사람이 있다. 업으로 쌓은 짐이 너무 무거워 그는 속절없이 길을 떠난다. 시인은 먹먹한 마음으로 운명처럼 길을 떠나는 사람과 마주한다. 하늘 한쪽이 베어 나갈 정도로 아픈 이 떠남을 알리려는 듯, 저 멀리서 종각의 종소리가 크게 울려온다. 발우를 놓고, 황망하게 사라진 사람은 깨어있으려고 길을 떠났다. 깨어 있음이란, 마음이 무언가에 매이지 않는 상태를 가리킨다. 이곳에 있으면, 이 마음을 도무지 풀어낼 수 없다. 그러니 이곳을 떠나 저곳으로 갈 수밖에 없다. 시인은 마음 깊은 자리에서 울리는 종소리를 들으며 "깨어 있으라고, 쉬지 말고 깨어 있으라고" 거듭 읊조린다.

3.

깨어 있는 마음을 일깨우는 종소리는 「북소리」에 이르면, 자본의 불합리를 깨뜨리라고 소리치는, 북소리로 변주되어 나타난다. 정의는, 서로를 인정하고 미소를 교환하는 데서 실현된다. 서로를 인정하지 않으면, 전쟁이 일어날 수밖에 없다. 전쟁은 상대를 죽여야 내가 사는 사건이라고 할 수 있다. 모든 게 파괴되는 걸 알면서도, 권력은 왜 전쟁을 일으키는 것일까? 상대보다 더 많은 것을 가지려는 욕망 때문이다. 시인의 말마따나 "돈은 그 넓은 손바닥으로 평등을 삼켜버"린다. 대를 이어 꽃밭을 점유해 돈과 권력이 없는 민중들을 그 밖으로 내친다. 마이크 샌델은 『정의란 무엇인가』라는 책에서, 우리를 정의와 부정의가 만나는 상황으로 끊임없이 몰아넣는다. 정의는 관념이 아니다. 정의는 현실이다. 불합리를 깨뜨리려면 그러므로 광장으로 나가 북소리의 함성을 내질러야한다. 깨어 있는 종소리와 드높은 함성을 내지르는 북소리를 다르게 볼 수 없는 이유이다.

> 지금, 저 말씀이 웅숭깊어
> 땅속 깊은 곳으로 우리를 끌고 들어가
> 땅의 심장을 실답게 만져 보라 한다
>
> ― 「땅과 말씀 사이」

> 튼실한 안과 밖을 얻기 위해
> 땡볕 속에 담금질하는
> 한 알의 사과,
> 우리의 말, 또한
> 저 사과의 속살이다

말 속에

향기가 익어 간다

　　　　　　　　　　　　　—「무심코 나누는 말을 앞에서」

지금, 지구 한 귀퉁이에서

초현실적 무장한 한 괴물이

평화를 먹고 사는 바로 옆 양들의 우리를

기관총으로 탱크로 미사일로

초토화 시키고 있는데,

고분고분 말 들어 주지 않는 것이 이유다

단지, 길들이기 위한 저 만행을

피켓이 고발하고 있다

　　　　　　　　　　　　　—「불덩이」

　「땅과 말씀 사이」에서, 시인은 "땅의 심장"을 말하고 있다. 우리는 늘 땅을 밟고 다니지만, 땅은 늘 그런 발바닥을 하염없이 어루만진다. 황량한 도시의 삶에 치인 사람들이 온기를 찾으면, 땅은 기꺼이 온몸으로 따스한 기운을 베푼다. 시인은, 사람이 땅을 본받는다는 노자의 말을 인용한다. 웅숭깊은 이 말을, 지금 우리는 과연 실천하고 있을까? 땅으로부터 숱한 혜택을 받으면서도 인간은 땅을 파괴하기 바쁘다. 산 너머로 빨리 가기 위해 산의 심장을 파헤칠 정도다. 외롭고 힘들 때는 땅을 찾으면서도, 외롭고 힘든 마음이 스러지면 이내 땅을 버리고 욕망

이 꿈틀대는 도시로 달려간다. 사람이 땅을 본받지 않으면 어떤 일이 벌어질까? 지금 우리가 사는 이 삶이 그에 대한 답이 될 수 있다. 땅은 이런저런 생명을 기꺼이 품 안에 끌어안는다. 좋고 나쁨으로 생명을 가리지 않는다. "땅의 심장"에 비수를 꽂은 인간조차도 여전히 온몸으로 끌어안고 있다.

「무심코 나누는 말들 앞에서」라는 시에서, 시인은 지독하게 내리쬐는 땡볕을 받으며 안과 밖을 익히는 한 알의 사과에, 우리가 쓰는 말을 비유한다. 사과처럼 무르익지 않은 말이라면 내뱉어서는 안 된다. 산만한 말은 의심스러운 걸 품고 있고, 시끄러운 말은 빈말이 많으며, 갈팡질팡하는 말은 모함함이 있다는 말이 괜히 나온 게 아니다. 말 한마디로 천 냥 빚을 갚는다고 했다. 말속에 드리워진 향기가 퍼지면 이 세상은 얼마나 아름다운 장소로 변하게 될까? 시인은 우리가 지금 세워야 할 말이 분명히 있다고 선언한다. 그것은 의심이 가득 찬, 말도 아닐 말 한마디를 굳건히 세우기 위해, 시인은 오늘도 "씻고, 또 씻는다". 제 몸과 마음을 제대로 씻지 않고, 남들이 그러길 바랄 수는 없다. 모든 일은 자기로부터 시작한다는 점을 시인은 무엇보다 강조하고 있다.

'No War!'라는 아주 강렬한 말이 등장하는 「불덩이」 또한 이런 맥락으로 읽을 수 있다. 전쟁만큼 인간의 삶을 파괴하는 사건이 어디에 있을까? 시인은 'No War!'라는 말이 쓰인 피켓을 들고 반전을 외치는 사람들을 "불덩이"로 표현한다. 강력한 무기로 무장한 권력=괴물이 평화를 먹고 사는 양들의 우리를 침범했다. 고분고분 말을 듣지 않는다는 게 그 이유이다. 전쟁을 일으킨 끔찍한 괴물 앞에 선 사람들이 "No War!"라는 글이 새겨진 피켓을 들고 당당하게 맞서고 있다. "만행을 태워 버리려는 양심의 불덩이"를 마음 깊이 품고 이들은 야만으로 가득 찬 괴물의 심장을 향해 돌을 던진다. 돌 하나로 어떻게 권력의 광기를 막을 수 있을까? 이를 알면서도 사람들은 반전을 외치고, 평화를 외친다. 「돌을 뚫는 시선」을 따르면, 이들의 외침은 "돌을 뚫는 시선"처럼 막강한 힘을 지니고 있다. 전쟁을 반대하는 사람들의 시선에는 불덩이가 스며 있다.

발칸반도 알바니아 한 도시 외곽 길섶
널따란 돌판 위의 큼지막한 돌상자 하나,
한 무더기 촛불 거느리고 있다, 그 앞에
흰 두건 머리에 두른 푸른 사람,
십자가 손에 든 여인, 빛바랜 배낭 걸치고 있는 나그네,
무릎 꿇고 기도하고 있다

돌상자 속을 들여다보니
거친 숨소리, 아우성, 비명,
제국주의 십자군 오스만제국의 깃발,

소총 기관총 수류탄 폭탄,

세르비아 몬테네그로 보스니아 크로아티아 병사들,

서로가 거칠게 얽히고 겹친 채

하늘의 품속에서 무람없이 자고 있다

저 적막의 안식이 영원히 지속되기 바라며

나는, 내 깊은 곳에서 소중한 모포 한 장 꺼내

그 위에 덮는다

— 「모포 한 장 덮으며」 전문

    시인은 숱한 위기 속에서도 피어나는 인류의 희망을 모포 한 장의 감각으로 표현한다. 한 무더기 촛불이 올려진 돌상자 앞에서 흰 두건을 머리에 쓴 사람과 십자가를 손에 든 여인, 빛바랜 배낭을 걸친 나그네가 무릎을 꿇고 기도하고 있다. 돌상자 속에서는 거친 숨소리와 아우성, 비명이 터져 나온다. 제국주의와 식민지국의 이런저런 세력들이 거칠게 얽히고설켜 하늘을 품에 안고 무람없이 잠자고 있다. 알바니아 한 도시의 외곽 길섶에 펼쳐진 이 풍경을 보며 시인은 "저 적막의 안식이 영원히 지속되기 바라며" 마음 깊은 자리에서 소중한 모포 한 장을 꺼내 그 위에 덮는다. 안식이 깨지면 서로를 죽이는 전쟁이 또 일어날 것이다. 어떤 명분을 내걸든 전쟁은 정당화될 수 없다. 시인은 가슴 속 모포 한 장으로 반전의 깃발을 스스럼없이 내건다. 따뜻한 모포 한 장에 인류의 미래가 걸려 있다. 돌상자 앞에서 무릎을 꿇고 간절하게 기도

하는 사람들의 마음 역시 이러한 모포의 감각과 연동되어 있다.

　따뜻한 모포의 감각은 지창구 시인의 이번 시집에 두드러지게 나타나는 기독교적 상상력을 이해하는 단서를 제공한다. 평화와 안식은 그냥 이루어지지 않는다. 「단열 명의 의인이 없어」에 표현된 대로, 어떤 상황에서도 손님을 환대하는 절대 윤리가 그리로 가는 길을 열어젖힌다. 도시를 찾은 두 손님을 롯 한 사람만이 극진히 대접했다. 집안으로 손님을 들인 롯을 향해 도시의 무리는 감추고 있는 외부인을 내놓으라고 소리쳤다. 롯은 절대로 내놓을 수 없다고 맞섰다. 도시의 무리는 외부인에 대한 환대를 거부한다. 환대란 대가를 바라지 않고 베푸는 마음을 가리킨다. 두 손님이 말한 '열 명의 의인'은 이러한 환대의 맥락과 밀접하게 이어져 있다. 신은 외부인을 사랑하라고 말했다. 곤경에 빠진 외부인을 기꺼이 환대하라고도 말했다. 이러한 신의 명령을 오로지 롯만 실천했다. 지창구 시인은 신의 명령을 실천한 롯의 마음으로 시를 쓰려고 한다. 그것은 쉬운 일이 아니다. 자칫 관념에 빠져 시적 유희로 흐를 수 있기 때문이다.

　「약속의 무게」는 이런 맥락에서 지창구 시인의 시를 현실에 발붙이게 하는 힘이 무엇인지 뚜렷이 보여 준다. 시인은 심장의 저울에 온새미로 올려놓는 상황을 '약속의 무게'로 표현한다. 약속의 무게를 지탱하려면 목숨을 걸어야 한다. 신과 한 약속이므로 어길 수도 없고, 무를 수도 없다. 아브라함은 백 세에 얻은 아들을 제물로 바치라는 신의 명령을 믿음으로 따랐다. 믿음이란 자기 생각을 내려놓는 데서 비롯된다. 자기 생각을 버리고 신의 음성을 온전히 받아들일 때 기적처럼 은총이 쏟아진다. 시인은 왜 아브라함이 지킨 '약속의 무게'를 시 세계로 불러낸 것일까? 신은 늘 인간을 극한으로 몰아붙인다. 극한까지 내몰린 상황에서야 인간은 비로소 본성을 드러낸다. 신은 인간에게 서로를 사랑하고 환대하라고 말했다. 사랑과 환대를 본성으로 지닌 인간은 과연 어떤 세계를 만들게 될까? 지창구 시인의 시에 나타나는 종교적 세계관이 시적 윤리와 이어지는 이유는 여기에 있다고 하겠다.